山谷琴趣外篇目錄

卷之一

卷之二

卷之三

訴衷情

菩薩蠻

步蟾宮

醜奴兒

山目

二

浣溪沙

調笑歌

南柯子 二

西江月

山谷琴趣外篇卷之一

南昌　黃庭堅　魯直

念奴嬌

八月十七日同諸甥步自永安城樓過張寬夫園待月偶有名酒因以金荷酌衆客客有孫彥立善吹笛援筆作樂府長短句文不加點

斷虹霽雨淨秋空山染脩眉新綠桂影扶疏誰便道今夕清輝不足萬里青天姮娥何處駕此一輪玉寒光零亂爲誰偏照醽醁　年少從我追遊晚涼幽徑繞張園森木共倒金荷家萬里難得尊前相屬老子平生江南江北最愛臨風曲孫郞微笑坐來聲歕霜竹

水調歌頭

遊覽

瑤草一何碧春入武陵溪溪上桃花無數花上有黃鸝我欲穿花尋路直入白雲深處浩氣展虹霓祇恐花深裏紅露溼人衣　坐玉石敧玉枕拂金徽謫仙何處無人伴我白螺杯我爲靈芝仙草不爲朱脣丹臉長嘯亦何爲醉舞下山去明月逐人歸

又

落日塞垣路風勁戛貂裘翩翩數騎閒獵深入黑山頭極目平沙千里惟見瑚弓白羽鐵面駿驊騮隱隱望青冢特地起閒愁　漢天子方鼎盛四百州玉顏皓齒深鎖三十六宮秋堂有經綸賢相邊有縱橫謀將不減翠

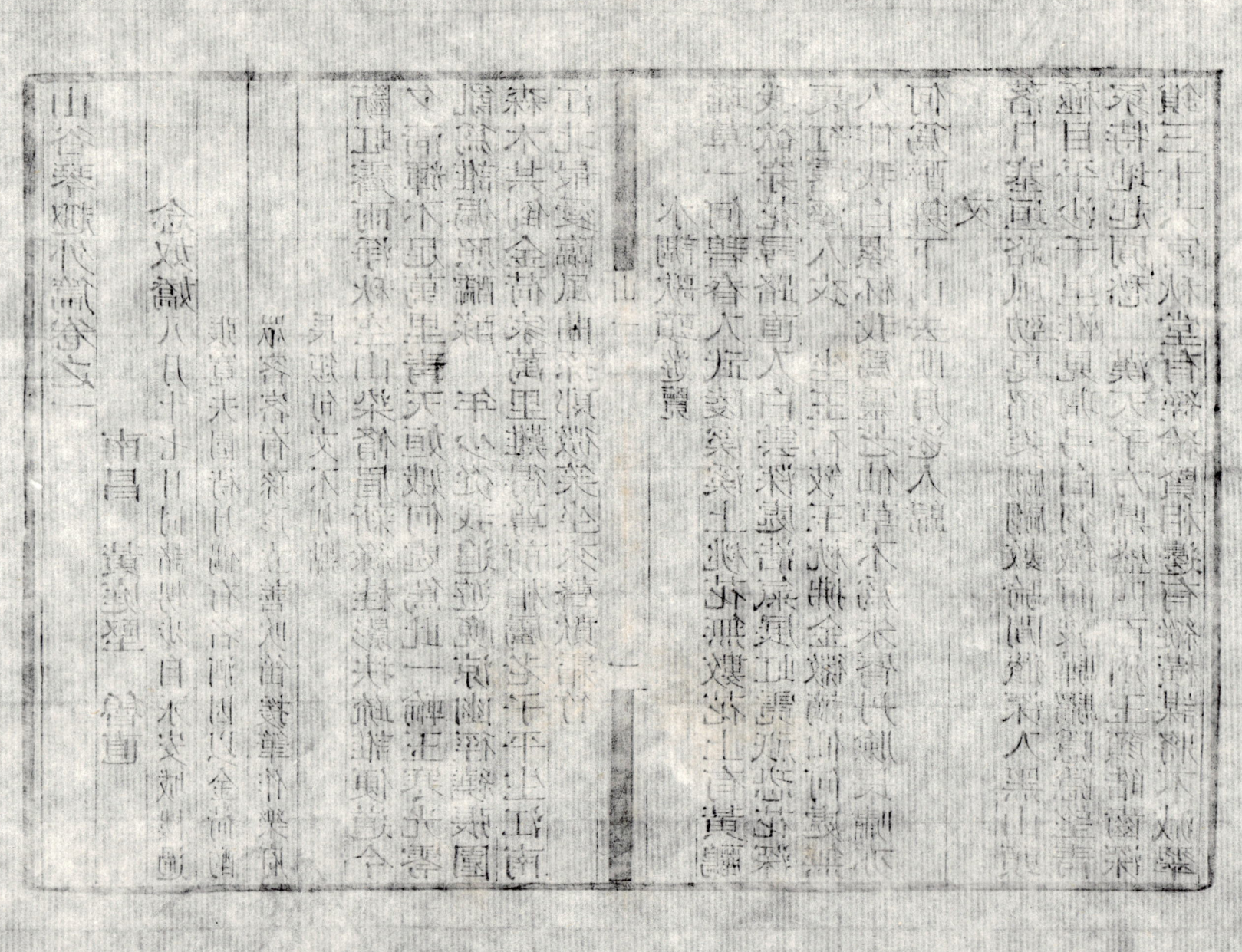

蛾羞戎虜和樂也聖主永無憂

滿庭芳 妓女

初綰雲鬟纔勝羅綺便嫌柳陌花街占春才子容易託行媒其奈風情債負煙花部不免差排劉郎恨桃花片片隨水染塵埃 風流賢太守能籠翠羽宜醉金釵且留取垂楊掩映廳堦直待朱轓去後從伊便窄襪弓鞋知恩否朝雲暮雨還向夢中來

又 茶

北苑春風方圭圓璧萬里名動京關碎身粉骨功合上凌煙尊俎風流戰勝降春睡開拓愁邊纖纖捧研膏濺乳金縷鷓鴣斑 相如雖病渴一觴一詠賓有羣賢爲

扶起燈前醉玉頹山搜攪胸中萬卷還傾動三峽詞源歸來晚文君未寢相對小窗前

鼓笛慢 黔守曹伯達供備生日

早秋明月新圓漢家戚里生飛將青驄寶勒綠沈金鎖曾瞻天仗種德江南宣威西夏合宮陪享況當年定計昭陵與子勳勞在諸公上 千騎風流年少暫淹留莫辜清賞平坡駐馬虛弦落鴈思臨虜帳偏舞摩圍遞歌彭水拂雲驚浪看朱顏綠鬢封侯萬里寫凌煙像

洞仙歌 瀘守王補之生日

月中丹桂自風霜難老閱盡人間盛衰草望中秋纔有幾日十分圓霾風雨雲表常如永晝 不得文章力白

首防秋誰念雲中上功守正注意得人雄靜掃河山應
難縱五湖歸棹問持節馮唐幾時來看再策勳名印窠
如斗

雨中花　送彭文思使君

政樂中和夷夏宴喜官梅乍傳消息待作新年歡計斷送春色桃李成陰甘棠少訟又移旌戟念畫樓朱閣風流高會頓冷談席　西州縱有舞裙歌板誰共茗邀棋敵歸來未得先霑離袖管絃催滴樂事賞心易散良辰美景難得會須醉倒玉山扶起更傾春碧

憶帝京　黔州張倅生日

鳴鳩乳燕春閒暇化作綠陰槐夏壽酒舞紅裳睡鴨飄

香麝醉此洛陽人佐郡深儒雅　況坐上玉麟金馬更莫問鶯老花謝萬里相依千金爲壽未厭玉燭傳清夜不醉欲言歸笑殺高陽社

醉蓬萊

對朝雲靉靆暮雨霏微亂峰相倚巫峽高唐鎖楚宮朱翠畫戟移春靚妝迎馬向一川都會萬里投荒一身弔影成何歡意　盡道黔南去天尺五望極神州萬里煙水尊酒公堂有中朝佳士荔頰紅深麝臍香滿醉舞裀歌袂杜宇聲聲催人到曉不如歸是

南歌子

詩有淵明語歌無子夜聲論文思見老彌明坐想羅浮

山下羽衣輕　何處黔中郡遙知隔晚晴雨餘風急斷虹橫應夢池塘春草若爲情

驀山溪　贈衡陽妓陳湘

鴛鴦翡翠小小思珍偶眉黛斂秋波儘湖南山明水秀娉娉嫋嫋恰近十三餘春未透花枝瘦正是愁時候　尋花載酒肯落誰人後祇恐遠歸來綠成陰青梅如豆心期得處每自不由人長亭柳君知否千里猶回首

轉調醜奴兒

得意許多時長醉賞月影花枝暴風狂雨年年有金籠鎖定鶯雛燕友不被雛欺　紅旆轉逶迤悔無計千里追隨再來應綰盧南印而今目下恓惶怎向日永春遲

品令　送黔守曹伯達供備

敗葉霜天曉漸鼓吹催行棹栽成桃李未開便解銀章歸報去取麒麟圖畫要及年少　勸公醉倒別語怎向醒時道楚山千里暮雲正鎖離人情抱記取江州司馬坐中最老

踏莎行

畫鼓催春蠻歌走餉雨前一焙誰爭長低株摘盡到高株株株別是閩溪樣　碾破春風香凝午帳銀瓶雪滾翻成浪今宵無睡酒醒時摩圍影在秋江上

又

臨水天桃倚牆繁李長楊風掉青驄尾尊中有酒且酬

春更尋何處無愁地　明日重來落花如綺芭蕉漸展
山公啓欲牋心事寄天公教人長對花前醉

定風波　次高左藏韻

自斷此生休問天白頭波上泛孤船老去文章無氣味
憔悴不堪驅使菊花前　聞道使君攜將吏高會參軍
吹帽晚風顛千騎插花秋色暮歸去翠娥扶入醉時肩

又　次高左藏使君韻

萬里黔中一漏天屋居終日似乘船及至重陽天也霽
催醉鬼門關外蜀江前　莫笑老翁猶氣岸君看幾人
黃菊上華顛戲馬臺南追兩謝馳射風流猶拍古人肩

又　荔枝

晚歲監州聞荔枝赤英垂墜壓闌枝萬里來逢芳意歇
愁絕滿盤空憶去年時　潤草山花光照坐春過等閒
桃李又纍纍辜負寒泉浸紅皺消瘦有人花病損香肌

又

準擬堦前摘荔枝今年歇盡去年枝莫是春光廝料理
無比譬如痎瘧有休時　碧甃朱闌情不淺何晚來年
枝上報纍纍雨後園林坐清影蘇醒紅裳剝盡看香肌

鵲橋仙　次東坡七夕韻

八年不見清都絳闕望河漢溶溶漾漾年年牛女恨風
波拚此事人間天上　野麋豐草江鷗遠水老去惟便
疏放百錢端欲問君平早晚具歸田小舫

又席上賦七夕

朱樓彩舫浮瓜沈李報荅風光有處一年尊酒暫時同別淚作人間曉雨　鴛鴦機綜能令儂巧也待乘槎仙去若逢海上白頭翁共一訪癡牛騃女

阮郎歸

黔中桃李可尋芳摘茶人自忙月團犀胯鬭圓方研膏入焙香　青箬裹絳紗囊品高聞外江酒闌傳盌舞紅裳都濡春味長

又效福唐獨木橋體作茶詞

烹茶留客駐金鞍月斜窗外山別郎容易見郎難有人思遠山　歸去後憶前歡畫屏金博山一杯春露莫留殘與郎扶玉山

更漏子餘甘湯

菴摩勒西土果霜後明珠顆顆憑玉兔搗香塵稱爲席上珍　號餘甘爭奈苦臨上馬時分付管同味卻思量忠言君試嘗

繡帶子張寬夫園賞梅

小院一枝梅衝破曉寒開晚到芳園遊戲滿袖帶香回　玉酒覆銀杯盡醉去猶待重來東鄰何事驚吹怨笛雪片成堆

撼庭竹卒太和日吉州城外作

嗚咽南樓吹落梅聞鴉樹驚棲夢中相見不多時隔城

今夜也應知坐久水空碧山月影沈西　眞箇宅兒住
著伊剛不肯相隨如今果被天瞋作承落雞羣被雞欺
空恁可憐伊風日損花枝

南昌　黄庭堅　魯直

減字木蘭花春

餘寒爭令雪共蠟梅相照影昨夜東風已出耕牛勸歲功　陰雲冪冪近覺去天無幾尺休恨春遲桃李梢頭次第知

又距施州二十里張仲謀遣騎相迎因送所和樂府來且約近郊相見復用前韻先往

使君那裏千騎塵中依約是拂我眉頭無處重尋庾信愁　山雲瀰漫夾道旌旗聯復斷萬事茫茫分付澄波與爛腸

又登巫山縣樓作

襄王夢裏草綠煙深何處是宋玉臺頭暮雨朝雲幾許愁　飛花漫漫不管羇人腸欲斷春水茫茫欲度南陵更斷腸

又

巫山古縣老杜淹留情始見撥悶題詩千古神交世不知　雲陽臺下更值清明風雨夜知道愁辛果是當時作賦人

又和趙文儀

詩翁才力曾陷文場貔虎陣誰敢當哉況是焚舟決勝來　三巴春杪客館夢回風雨曉胸次崢嶸欲共濤頭

赤甲平

又

蒼崖萬仞下有奔雷千百陣自古危哉誰遣西園謵麼來　猿啼雲杪破夢一聲巫峽曉苦喚愁生不是西園作麽平

又私情

終宵忘寐好事如何猶倘未了細沈吟珠淚盈盈濕袖襟　與君別也願在郎心莫暫捨記取盟言聞早回程卻再圓

又丙子仲秋奉陪黔陽曹使君伯達玩月作減字木蘭花兼簡施州張使君仲謀

中秋多雨常是尊罍狼藉去今夜雲開須道姮娥得得來　不知雲外還有清光同此會笛在層樓聲徹摩圍頂上頭

又

中秋無雨醉送月銜西嶺去笑口須開幾度中秋見月來　前年江外兒女傳杯兄弟會此夜登樓小謝清吟慰白頭

又

濃雲驟雨巫峽有情來又去今夜天開不與姮娥作伴來　清光無外白髮老人心自會何處歌樓貪看冰輪不轉頭

又丙子仲秋黔守席上客有舉岑嘉州中秋詩

曰今夜鄜州月閨中只獨看遥憐小兒女未解憶長安因戲作

舉頭無語家在月明生處住擬上摩圍最上峰頭試望之偏憐絡秀苦淡同甘誰更有想見牽衣月到愁邊總不知

又戲答

月中笑語萬里同依光景住天水相圍相見無因夢見之諸兒娟秀儒學傳家渠自有自作秋衣漸老先寒人未知

又用前韻示知命弟

當年夜雨頭白相依無去住兒女成圍歡笑尊前月照之阿連高秀千萬里來忠孝有豈謂無衣歲晚先寒要弟知

木蘭花令

風開水面魚紋皺暖入草心犀點透乍看晴日弄柔條憶得章臺人姓柳心情老大癡成就不復淋漓沾翠袖早梅獻笑倚窺鄰小蜜竊香如遺壽

又

東君未試雷霆手灑雪開春春鎖透帘臺應點萬年枝窮巷偏欺三徑柳峰排羣玉森相就中有摩圍爲領袖凝香窗下與誰看一曲琵琶千萬壽

又

新年何許春光漏小院閉門風日透酥花入坐頗欺梅雪絮囚風全是柳　使君落筆春詞就應喚歌檀催舞袖得開眉處且開眉人世可能金石壽

又

黃金捍撥春風手簾幙重重音韻透梅花破萼便回春似有黃鸝鳴翠柳　曉妝未懨梅添就玉筍捧杯離鈿袖會拚千日笑尊前他日相思空損壽

又

黔中士女遊晴晝花信輕寒羅袖透爭尋穿石道宜男更買江魚雙貫柳　竹枝歌好移船就依倚風光垂翠袖滿傾蘆酒指摩圍相守與郎如許壽

又

可憐翡翠隨雞走學綰雙鬟年紀小見來行待惡憐伊心性嬌癡空解笑　紅裹照映霜林表楊柳舞風腰嬝嫋衾餘枕賸儘相容祇是老人難再少

清平樂

春歸何處寂寞無行路若有人知春去處喚取歸來同住　春無蹤迹誰知除非問取黃鸝百囀無人能解因風飛過薔薇

又重九

黃花當戶已覺秋容暮雲夢南州逢笑語心在歌邊舞

處　使君一笑眉開新晴照酒尊來且樂尊前見在休思走馬章臺

又

休推小戶看郎風光暮莫粉蕊英浮盌醑報荅風光有處　幾回笑口能開少年不肯重來借問牛山戲馬今爲誰姓池臺

又

舞鬢娟好白髮黃花帽醉任旁觀嘲潦倒扶老偏宜年小　舞回臉玉胸酥纏頭一斛明珠日日梁州薄媚年年金菊茱萸

又示知命

乍晴秋好黃菊敧烏帽不見清談人絕倒更憶添丁小小　蜀娘漫點花酥酒槽空滴真珠兄弟四人別住他年同插茱萸

又飲宴

冰堂酒好祗恨銀杯小新作金荷工獻巧圖要連臺拗倒　采蓮一曲清歌急檀催卷金荷醉裏香飄睡鴨更驚羅襪凌波

憶帝京贈彈琵琶妓

薄妝小靨閑情素抱著琵琶凝佇慢撚復輕攏切切如私語轉撥割朱絃一段驚沙去　萬里嫁烏孫公主對易水明妃不渡淚粉行行紅顏片片指下花落狂風雨

借問本師誰斂撥當心住

又私情

銀燭生花如紅豆占好事而今有人醉曲屏深借寶瑟輕招手一陣白蘋風故滅燭教相就　花帶雨冰肌香透恨啼烏轆轤聲曉岸柳微涼吹殘酒斷腸時至今依舊鏡中消瘦那人知後怕夯你來僝僽

畫堂春

東堂西畔有池塘使君棐几明窗日西人吏散東廊蒲葦送輕涼　翠管細通巖溜小峰重疊山光近池催置琵琶牀衣帶水風香

又

摩圍小隱枕蠻江蛛絲閒鎖晴窗水風山影上脩廊不到晚來涼　相伴蝶穿花徑獨飛鷗舞春光不因送客下繩牀添火炷爐香

何處如今更有詩　青箬笠綠蓑衣斜風細雨不須歸
人間底是無波處一日風波十二時

醉落魄舊有醉醒醒醉一曲云醉醒醒醉憑君
會取皆滋味濃斟琥珀香浮蟻一入愁
腸便有陽春意須將席幕爲天地歌前
起舞花前睡從他兀兀陶陶裏猶勝醒
醒惹得閒憔悴此曲亦有佳句而多斧
鑿痕又語高下不甚入律或傳是東坡
語非也與蝸角虛名解下癡絛之曲相
似疑是王仲父作因戲作四篇呈吳元
祥黃中行似能厭道二公意中事

陶陶兀兀尊前是我華胥國爭名爭利休休莫雪月風
花不醉怎生得　邯鄲一枕誰憂樂新詩新事因閒適
東山小妓攜絲竹家裏樂天村裏謝安石石曼卿云村裏黃番綽家中白侍郎

又

陶陶兀兀人生無累何由得杯中三萬六千日悶損旁
觀自我解落魄　扶頭不起還頹玉日高春睡平生足
誰門可款新篘熟安樂春泉玉醴荔枝綠

又老夫止酒十五年矣到戎州恐爲瘴癘所侵
故晨舉一杯不相察者乃強見酌遂能作病
因復止酒用前韻作二篇呈吳元祥

陶陶兀兀人生夢裏槐安國教公休醉公但莫琖倒垂
蓮一笑是贏得　街頭酒賤民聲樂尋常行處尋歡適
醉看檐雨森銀竹我欲憂民渠有二千石

又

陶陶兀兀醉鄉路遠歸不得心情那似當年日割愛金
荷一盌淡莫托　異鄉薪桂炊蒼玉摩挲經笥須知足
明年細麥能黃熟不管輕霜點盡鬢邊綠

南鄉子知命弟去年重九日在涪陵作此曲

落帽晚風回又報黃花一番開扶杖老人心未老堪咍
漫有才情付與誰　芳意正徘徊傳與西風且慢吹明
日餘尊還共倒重來未必秋香一夜衰

又今年重九知命已向成都感之次韻

招喚欲千回暫得尊前笑口開萬水千山還麼去悠哉
酒面黃花欲醉誰　顧影又徘徊立到斜風細雨吹見
我未衰容易去還來不道年年卽漸衰

又

未報賈船回三徑荒鋤菊臥開想得鄰船霜笛罷沾衣
不爲涪翁更爲誰　風力嫋萸枝酒面紅鱗愜細吹莫
笑插花和事老摧頹卻向人間耐盛衰

又

黃菊滿東籬與客攜壺上翠微已是有花兼有酒良期
不用登臨恨落暉　滿酌不須辭莫待無花空折枝寂

寞酒醒人散後堪悲節去蜂愁蝶不知

又重陽日寄懷永康彭道微使君用坡舊韻

臥稻雨餘收處處遊人簇遠洲白髮又扶紅袖醉戎州亂折黃花插滿頭　青眼想風流畫出西樓一幘秋還把去年歡意舞梁州塞鴈西來特地愁

點絳脣重九日寄懷嗣直弟時再涪陵用東坡餘杭九日點絳脣舊韻

濁酒黃花畫檐十日無秋燕夢中相見起作南柯觀鏡裏朱顏又減年時半江山遠登高人健應問西來鴈

謁金門戲贈知命

山又水行盡吳頭楚尾兄弟燈前家萬里相看如夢寐

君似成蹊桃李入我草堂松桂莫厭歲寒無氣味餘生今已矣

采桑子贈黃中行

宗盟有妓能歌舞宜醉尊罍待約新醅車上危坡儘要推　西鄰三弄爭秋月邀勸春同箇裏聲催鐵樹枝頭花也開

又送彭道微使君移知永康軍

荔枝灘上留千騎桃李陰繁燕寢香殘畫戟森森鎮八蠻　永康又得風流守管領江山少訟多閒煙靄樓臺舞翠鬟

又

訴衷情在戎州登臨勝景未嘗不歌漁父家風以謝江山門生請問先生家風如何爲擬金華道人作此章

一波纔動萬波隨蓑笠一鉤絲錦鱗正在深處千尺也須垂　吞又吐信還疑上鉤遲水寒江靜滿目青山載月明歸

浣溪沙

新婦灘頭眉黛愁女兒浦口眼波秋驚魚錯認月沈鉤　青箬笠前無限事綠蓑衣底一時休斜風吹雨轉船頭

菩薩蠻王荆公新築草堂於半山引八功德水

作小港其上壘石作橋爲集句云數間茅屋閒臨水窄衫短帽垂楊裏花是去年紅吹開一夜風梢梢新月偃午醉醒來晚何物最關情黃鸝三兩聲戲效荆公作

半煙半雨溪橋畔漁翁醉著無人喚疏懶意何長春風花草香　江山如有待此意陶潛解問我去何之君行到自知

調笑歌

詩曰

海上神仙字太眞昭陽殿裏稱心人猶思一曲霓裳

客欲得小詞援筆爲賦

斷送一生惟有彼除萬事無過遠山橫黛蘸秋波不飲旁人笑我　花病等閒瘦弱春愁沒處遮攔杯行到手莫留殘不道月斜人散

山谷琴趣外篇校記

卷之一

念奴嬌 題原本作八月十七日同諸甥待月有客孫彦立者善吹笛有名酒酌之从明嘉靖刋本 姮娥 從我追遊 晚涼 共倒 臨風曲明本姮作常從作隨遊作涼涼作尋共作醉曲作笛

水調歌頭 一題明本無 花上 紅露 攲玉枕 朱脣明本花作枝露作霧攲作倚朱作絳

又 二駿驊騮原本駿作駭从明本

滿庭芳 一題明本無 柳陌明本陌作巷 花街原本街作堦从明本 風情 隨水染明本情作流隨作流染作惹 垂楊原本楊作柳从明本

又 二題明本無 研膏 雖病渴 賓有 燈前明本研膏作熬波雖作方渴作酒作友燈作尊 有 攪攬原本攬作攪从明本

鼓笛慢明本作水龍吟 題原本無黔守伯達四字从明本 曾贍明本贍作隨

洞仙歌 題原本無瀘守二字日作辰从明本 莫佳縱明本縱作指

雨中花 醉倒玉山原本倒作別玉作巫从明本

憶帝京 題原本作宴飲从明本 壽酒明本酒作斝

醉蓬萊 亂峰 朱翠明本亂作翠朱翠作佳麗 紅深原本紅作經从明本 聲

聲 催人明本聲聲與催人互易

驀山溪 題原本缺从明本 尋花 遠歸 由人明本花作芳遠作晚由作隨

轉調醜奴兒明本轉調二字脫 月影 狂雨明本影作下狂作急 恓惶原本脫从明本

品令 題原本作送曹歸報供備从明本 勸公 怎向 正鎖
情抱明本報字脫公作君向字脫正作鎭情作懷
踏莎行一 雨前 誰爭明本雨作火誰爭作爭春 摘盡原本盡字脫从明本 株
株 翻成明本上株字作高成作匙
又二 漸展原本漸字脫从明本 欲殘 長對明本殘作將對作壽
定風波一題原本缺从明本 孤船明本孤作膠
又二題原本缺从明本 闕外 黃菊 臺南 風流明本外作近黃菊作白髮南作前流作情
又三題明本無 監州 桃李明本監作鹽桃作枯
鵲橋仙一題原本作七夕从明本 河漢 拚此明本河作銀拚作算 野㜸原本㜸作靡从明本 端欲明本欲作往

又二題原本缺从明本 風光有處明本作春風有幾
阮郎歸一 都濡原本濡作餘从明本明本注云都濡地名
又二題原本缺从明本 金鞍 月斜窗外山明本金作彫月斜句與有人句互易
更漏子 爭奈明本爭作無 上馬原本作馬上从明本 試嘗明本試作但
繡帶子明本作好女兒 題原本作梅从明本 晚到芳園 滿袖 怨笛明本晚作偶芳作張滿作沾笛作曲
攄庭竹 題原本作離別从明本 鶩棲明本棲作飛 沈西原本知顛分段从明本
果被 瞋作 被雞 可憐明本果作卻作作你被作受可作惡

卷之二

減字木蘭花一題明本無 照影 陰雲明本影作映雲作陰
又二題原本作寄張仲謀从明本 澄波原本澄作登从明本

又三題明本無作字臺頭原本臺作擡从明本欲度明本欲作要
又四題明本作巫山縣追懷老杜
又五題明本和作次韻
又六瀏廖原本瀏作清从明本明本注云瀏音瀏影也
又七題明本無猶向原本猶作由从明本
又八題原本作中秋奉陪黔陽曹伯達玩月作从明本
又十濃雲明本雲作隂
又十一題原本黔守上無丙子仲秋四字詩曰下作云云戲作四字从明本
又二十題原本缺从明本
又三十題原本缺从明本
木蘭花令一水面草心淋漓明本水作冰草作芳漓作浪藹香

原本作初來从明本
又二峰排原本作風擠从明本
又三閉門明本閉作閑
又四捍撥破萼捧杯原本撥作破萼作田由明本落捧作榛从明本鈿不鈿作
細損壽原本損作殞从明本
又五貫柳原本貫作貴从明本
又七年紀原本紀作幾从明本
清平樂一飛過明本飛作吹
又二題明本無笑語原本語作句从明本
又三貞粉明本粉作糝盌醅原本盌作綠从明本明本注云親賢宅酒名報荅原本報作照从明本戲馬原本戲作繫从明本

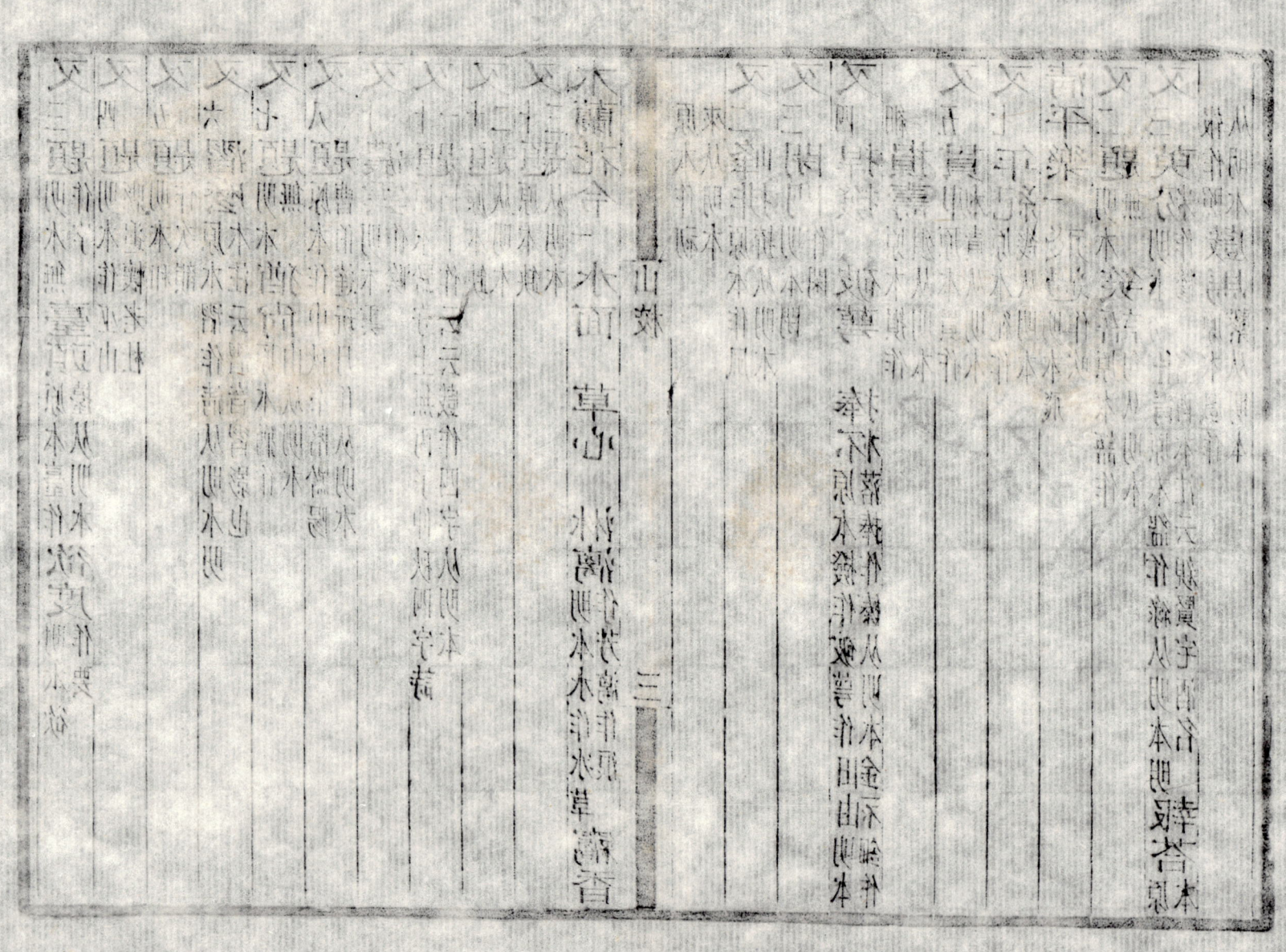

又四年小原本小作少从明本
又五題原本缺从明本清談原本談作淡从張南伯鈔本
又六題原本缺从明本
憶帝京一題原本作琵琶从明本對易水原本對字脱从明本淚粉明本作粉淚
花落狂風雨原本落作沿狂作江从明本當心明本心作胸
又二題明本無而今明本而作如人醉原本人字脱从明本岸柳怕夯
明本岸柳作柳岸怕夯作鎮把
畫堂春一明本無此闋
卷之三
鷓鴣天一題原本作重九从明本狂居士明本狂作閒
又二題原本作同前从明本清歡時人明本清作情時作旁

又三新乾挂冠明本新作聲挂作整何人醉中歡原本人作鄉中歡作
鄉竟从明本
又四題原本作續成李如篪云玄眞子漁父語之意从明本白鷺底是無波處
鷺作鳥是作事無作風處作險
醉落魄一題原本作醉醒醒醉一曲詞意雖美而語高下不甚入律因戲作四篇从明本生
得明本生作歸新事原本新作因从明本
又二自我解落魄明本作我但醉落托荔枝綠原本綠作綠从明本明本注云親賢
宅四酒名
又三題原本缺从明本公但歡適原本公字脱適上衍樂字从明本銀竹明本
竹作燭
又四莫托蒼玉細麥黃熟輕霜明本莫托作不拓蒼作香

黄作秋輕作經

南鄉子一題明本作重九日涪陵作示知命按下首題意此詞似爲知命所作明本題誤

又二題明本次韻作復次前韻酒面　又徘徊明本面作向又作且

又三鄰船霜酌明本船作舟霜作野浯翁　和事原本翁作公和作何从明本

又四恨落暉明本恨作上

又五題原本重陽日作重九道微二字脱从明本又扶　亂折　一幀　還

把明本扶作挨折作摘幀作懵還把作御憶

點絳脣　題原本作重九寄嗣直弟从明本按再當作在畫檐　起作南柯

年時　應問西來明本檐作簾起作似南柯作枯禪年時作心情應問西來作寄

語東飛

謁金門　題明本戲贈作示今已矣明本今作吾

釆桑子一題明本贈上有戲字邀勒原本勒作勅从明本

又二題原本作送彭道微从明本

西江月　題明本作茶詞翻成明本成作匙

鷓鴣天　題原本作茶从明本醒醒　聊爲明本醒醒作破醒聊作略

漁家傲一題原本作戲效通禪作頌从明本提歸原本提作西从明本

又二單于　拈花　人欲曉　合破桃花原本單于作彈丁拈作看

人作無破作破桃花作天桃从明本

又三憶昔　鸞口一橈　瞎驢喪我原本昔作得日作尸橈作饒瞎驢作

軸轤喪作載从明本

又四馬駒踏殺　心眼淨　炯炯　祖師原本駒作鉤殺作破淨作

淚炯炯作迴迴祖作老从明本

又五題原本缺从明本到了長年少何處明本了作老長作重何作是
行未到原本作猶末倒从明本
撥棹子題明本無共月對不逍遙明本月作對對作月不字在逍遙下
訴衷情題原本作漁父从明本錦鱗江靜明本錦作金靜作淨
浣溪沙題原本作同前灘頭吹雨明本灘作灘吹作細
菩薩蠻題原本作同前从明本花草香原本草作木从明本
調笑歌明本無歌字詩曰明本作詩補云竝稱心人分釵原本心人二字
倒釵作花从明本
步蟾宮題明本無忒靈利明本忒作惡出桃源原本出字脫从明本目
送何妨也須氣味明本送作閱何妨作不如也須作算終氣作滋
南柯子一明本柯作歌題原本作次東坡攜妓見法通韻从明本見誰還作

和羅明本見作是作能羅作羅還放慜原本慜作愁从明本
又二波清明本作清波青螺原本螺作蛾从明本
醜奴兒原本注云此詞或者以爲秦少游所作而公集中亦載以是姑兩存之
西江月題原本缺从明本斷送原本送作近从明本横黛秋波瘦
弱春愁没處遮攔月斜明本横黛作微影秋作横弱作惡愁作來處作
箇攔作闌斜作明

右山谷琴趣外篇三卷南宋閩刻本按宋史藝文志黄庭堅詞二卷今佚直齋書錄解題山谷詞一卷虞山毛氏刻本疑從之出故仍沿舊名明嘉靖刻甯州祠堂本豫章黄先生詞一卷詞同毛刻而編次前後則異往歲吴伯宛嘗以見示小山何仲子據張南伯

鈔本校錄者也勞顨卿又校以琴趣並於書眉標其卷次余據勞校移寫卽以琴趣名之以不睹原書琴趣之名未遽徵實未付手民今年春張君菊生獲是書於海鹽爲其先世清綺舊藏余亟假歸比勘勞校一一符合宋詞稱琴趣傳於今者醉翁二晁介庵諸家皆攗摭繁備甚或闌入他人之作惟山谷此編較別本僅得其半卷中譌文脫字往往而有題尤芟節太甚或乖本旨今以祠堂本斠補閱涉他校撮錄如右方輿勝覽載山谷待月詞云老子平生江南江北最愛臨風笛謂蜀人讀笛若牘今本笛改曲非是甕牖閒評滹南詩話並言西江月杯行到手莫留殘莫爲吏誤然則琴趣者視穆所譏俗本其誤字之有待鉤考者惜無袁文王若虛其人耳辛酉端陽歸安朱孝臧跋於禮霜隚

圖書在版編目（CIP）數據

秦少游黃山谷詞合刊 / （宋）秦觀，（宋）黃庭堅著
. -- 揚州 : 廣陵書社，2014.11
（中國雕版精品叢書）
ISBN 978-7-5554-0165-0

Ⅰ. ①秦… Ⅱ. ①秦… ②黃… Ⅲ. ①宋詞－選集
Ⅳ. ①I222.844

中國版本圖書館CIP數據核字（2014）第238085號

ISBN 978-7-5554-0165-0

9 787555 401650 >

2011—2020年國家古籍整理出版規劃項目
揚州中國雕版印刷博物館藏板

秦少游黃山谷詞合刊（中國雕版精品叢書）

著　者　（宋）秦觀　黃庭堅
責任編輯　王志娟
裝幀設計　心宇　孫潤生
出 版 人　曾學文
出版發行　廣陵書社
社　址　揚州市維揚路三四九號
郵　編　二二五〇〇九
電　話　（〇五一四）八五二二八〇八八　八五二二八〇八九
印　刷　揚州（廣陵書社）雕版印刷傳習所
版　次　二〇一四年十一月第一版第一次印刷
標準書號　ISBN 978-7-5554-0165-0
定　價　伍佰伍拾圓整（全貳冊）

http://www.yzglpub.com　E-mail:yzglss@163.com

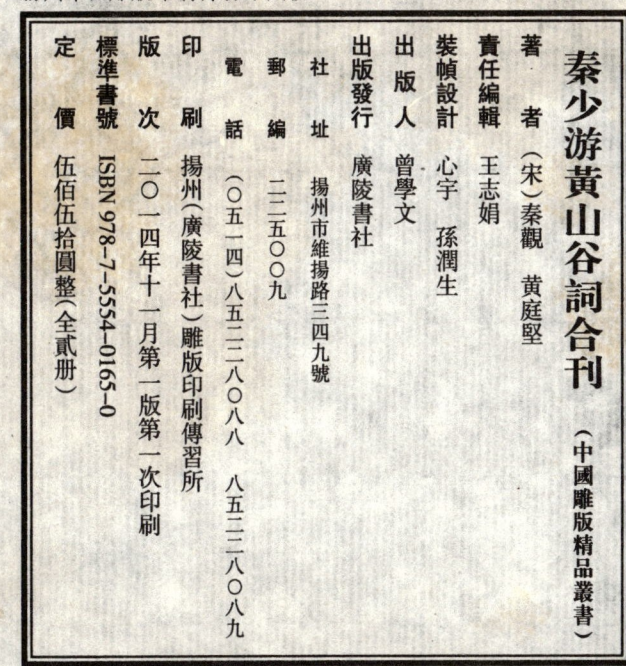